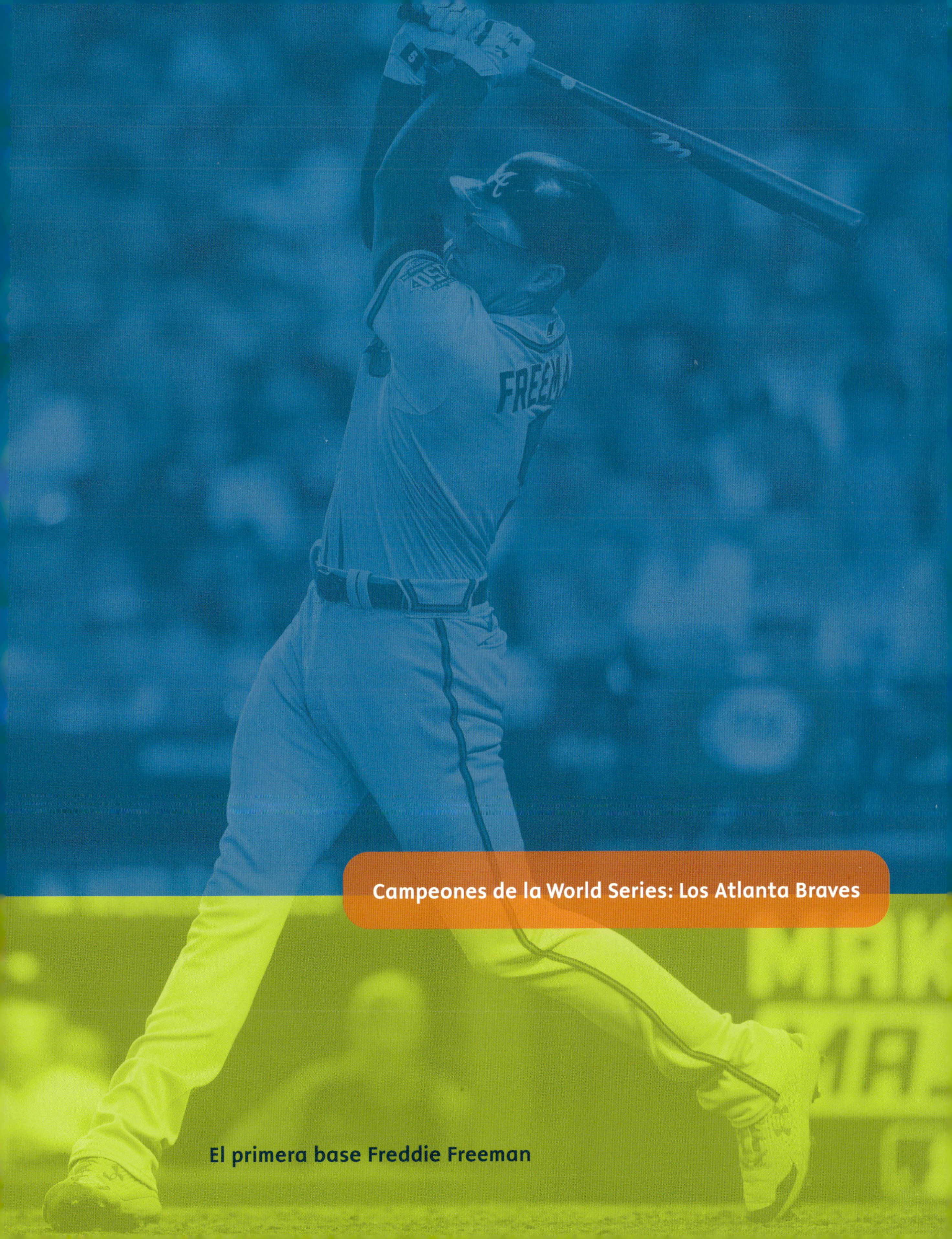

Campeones de la World Series: Los Atlanta Braves

El primera base Freddie Freeman

El campocorto Dansby Swanson

CAMPEONES DE LA WORLD SERIES

LOS ATLANTA BRAVES

MICHAEL E. GOODMAN

CREATIVE SPORTS

CREATIVE EDUCATION/CREATIVE PAPERBACKS

Publicado por Creative Education y Creative Paperbacks
P.O. Box 227, Mankato, Minnesota 56002
Creative Education y Creative Paperbacks son marcas editoriales de The Creative Company
www.thecreativecompany.us

Dirección de arte por Tom Morgan
Diseño y producción por Ciara Beitlich
Editado por Joe Tischler

Fotografías por Alamy (ZUMA Press, Inc.), AP Images (Nick Wass), Getty (Kevin C. Cox, Monica M Davey, Icon Sportswire, Bob Levey, Hy Peskin Archive, Rich Pilling, Robert Riger, Edward M Pio Roda, Louis Requena, Daniel Shirey, George Silk), Shutterstock (Sean Pavone), Wikimedia Commons (George Kendall Warren)

Library of Congress Cataloging-in-Publication Data
Names: Goodman, Michael E., author.
Title: Los Atlanta Braves / [by Michael E. Goodman].
Description: [Mankato, Minnesota] : [Creative Education and Creative Paperbacks], [2024] | Series: Creative sports. Campeones de la World Series | Includes index. | Audience: Ages 7-10 years | Audience: Grades 2-3 | Summary: "Elementary-level text and engaging sports photos highlight the Atlanta Braves' MLB World Series wins and losses, plus sensational players associated with the professional baseball team such as Freddie Freeman"-- Provided by publisher.
Identifiers: LCCN 2023015572 (print) | LCCN 2023015573 (ebook) | ISBN 9781640269361 (library binding) | ISBN 9781682774861 (paperback) | ISBN 9781640269606 (ebook)
Subjects: LCSH: Atlanta Braves (Baseball team)--History--Juvenile literature. | Milwaukee Braves (Baseball team)--History--Juvenile literature. | Boston Braves (Baseball team)--History--Juvenile literature. | Turner Field (Atlanta, Ga.)--History--Juvenile literature. | Atlanta-Fulton County Stadium (Atlanta, Ga.)--History--Juvenile literature. | World Series (Baseball)--History--Juvenile literature. | National League of Professional Baseball Clubs--Juvenile literature. | Major League Baseball (Organization)--History--Juvenile literature. | Baseball--Georgia--History--Juvenile literature.
Classification: LCC GV875.A8 G6518 2024 (print) | LCC GV875.A8 (ebook) | DDC 796.357/6409758231--dc23/eng/20230411

Impreso en China

Campeones de la World Series de 2021

El tercera base Eddie Mathews

CONTENIDO

El hogar de los Braves

Atlanta, Georgia, es una ciudad en movimiento. Tiene el aeropuerto más concurrido del mundo. También tiene trenes rápidos y muchos autos. Muchos de esos autos transportan a los aficionados del béisbol a un **estadio** llamado Truist Park. El equipo de béisbol los Braves juega allí.

Los Atlanta Braves son un equipo de béisbol de la Major League Baseball (MLB). Ellos juegan en la División Este de la National League (NL). Uno de sus mayores **rivales** son los New York Mets. Todos los equipos de la MLB intentan ganar la World Series para convertirse en campeones. Los Braves han ganado cuatro **títulos** de la World Series.

George Wright, Boston Red Stockings

Nombrando a los Braves

El equipo comenzó a jugar en Boston, Massachusetts, en 1871. Fueron nombradas las Red Stockings. También tenían muchos otros apodos. Entre ellos estaban los Beaneaters y los Doves. Finalmente, en 1912, se convirtieron en los Braves. El dueño del equipo pertenecía a un grupo político que llamó a susmiembros "Braves."

El lanzador Lew Burdette

Historia de los Braves

Boston ganó ocho **banderines** de la NL antes de 1900. Siguieron muchas temporadas largas. Luego, en 1914, los Braves saltaron del último lugar al primero. Ganaron cuatro juegos consecutivos de la World Series. ¡Fueron campeones por primera vez! Los aficionados los llamaron los "Miracle Braves".

En 1953, los Braves se mudaron a Milwaukee, Wisconsin. Cuatro años después, ganaron su segunda World Series. El lanzador Lew Burdette lanzó todas laspelotas por tres juegos. Él y su equipo vencieron a los poderosos New York Yankees.

En 1966, el equipo se mudó al sur a Atlanta. El tercera base Eddie Mathews bateó más de 500 jonrones de carrera. El jardinero Hank Aaron jugó aún mejor. "Hammerin' Hank" estableció un récord de ligas mayores en ese momento. Arrasó con 755 jonrones.

El jardinero Hank Aaron

El lanzador Greg Maddux

En 1995, el lanzador del **Salón de la Fama** Greg Maddux llevó a los Braves a su tercer título de la World Series. Dos de sus compañeros lanzadores —John Smoltz y Tom Glavine— también están en el Salón de la Fama. También lo está el tercera base ambidiestro Chipper Jones.

Los Braves ganaron una cuarta World Series en 2021. El primera base Freddie Freeman fue una estrella especial. También lo fue el campocorto Dansby Swanson, quien bateó con fuerza.

Otras estrellas de los Braves

Los aficionados de Atlanta han animado a muchos lanzadores excepcionales. Dos favoritos eran el especialista en bola de nudillos Phil Niekro y el fuerte lanzador zurdo Warren Spahn. Ambos ganaron más de 300 juegos en sus carreras.

El mánager Bobby Cox llevó a los Braves a 15 presentaciónes **eliminatorias**. Presionó a sus jugadores para que dieran lo mejor de sí mismos.

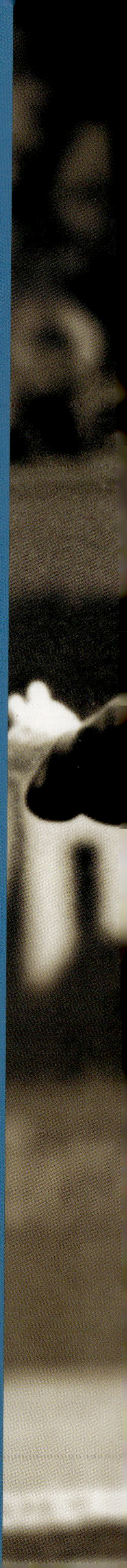

El lanzador Warren Spahn

El jardinero Ronald Acuña Jr.

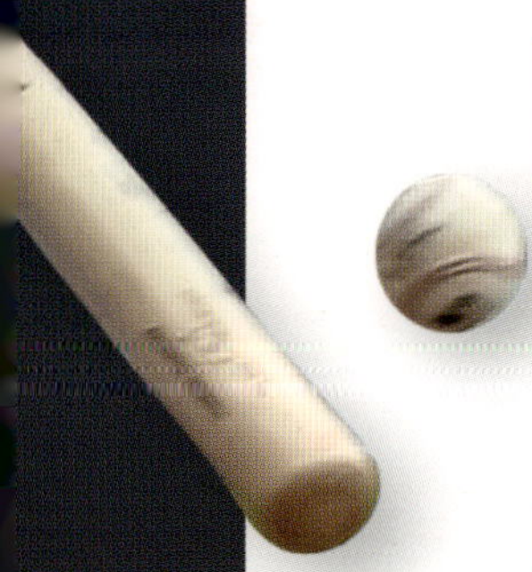

Hoy en día, Atlanta cuenta con el veloz bateador Ronald Acuña Jr. y el lanzador lanzallamas Kyle Wright. Los aficionados esperan que pronto puedan llevar otro campeonato a Truist Park.

Sobre los Braves

Comenzó a jugar en: 1871

Liga/división: Liga Nacional, División Este

Colores del equipo: azul marino, rojo y blanco

Estadio local: Truist Park

CAMPEONATOS DE LA WORLD SERIES:

1914, 4 juegos a 0,
venciendo a los Philadelphia Athletics

1957, 4 juegos a 3,
venciendo a los New York Yankees

1995, 4 juegos a 2,
venciendo a los Cleveland Indians

2021, 4 juegos a 2,
venciendo a los Houston Astros

Sitio web de los Atlanta Braves:
www.mlb.com/braves

Glosario

banderín: un campeonato de una liga; un equipo que gana un banderín juega en la World Series

eliminatorias: partidos que juegan los mejores equipos después de una temporada para ver quién será el campeón

estadio: un edificio con niveles de asientos para los espectadores

rival: un equipo que juega muy duro contra otro equipo

Salón de la Fama: museo donde se honra a los mejores jugadores de todos los tiempos

título: otra forma de decir campeonato

El lanzador Kyle Wright

Índice